振り向けば詩があった

札幌ポエムファクトリー

ポエムピース

はじめに

2代目工場長 中崎昭子

みんなスゴイなぁ。2か月に一度集まる札幌ポエムファクトリーのメンバーたちの詩を読むたび、単純な私は素直にそう思います。「詩を書きたい」という共通項だけで集まった仲間は、職業も年齢も性別もバラバラ。置かれている環境ももちろん異なります。詩のテーマやスタイルもそれぞれですが、それを尊重し合っています。サークルともちょっと違う、カルチャースクールともちょっと違う、(私的には)つかず離れずの感じが心地よい何とも不思議な集まりです。でも、みんなスゴイんです。毎回、心の奥底からすくい上げた、あるいはギリギリと絞り出したみんなの言葉の数々は、宝石のように輝いています。時には朗読を聴きながら涙することもあります。人間って、日々の営みの中で感じたことを言葉にしたいんだなと思います。詩を書くって、いろいろな自分の側面との対峙であり、自慰的行為なんだろうなとも思います。書けば書くほど、みんなの紡ぐ言葉の輝きが増しているような気がするのは、「書きたい、言いたい」という欲求を満たすことで、表現自体が研ぎ澄まされていくからなのでしょうか。毎回、そんなことを考えて参加しています。

さて、初代工場長の佐賀のり子さん（現・名誉工場長）、編集長の古川奈央さんの活躍で、大反響だった前作。気が付けば第2弾を出すことに。前作を手にしたのがきっかけで仲間になってくれた人もいて、前作以上に多彩なメンバーがそろっています。みんなが綴った作品の数々、読んでくださった方がそれぞれ「何か」を感じてくだされば嬉しいです。

もくじ

序詩

この工場はたまに現れ
すぐに消える
工員さんも工場長も
自由参加で仕事は持ち帰りＯＫ
好きな時にやればいい

給金は出ないが
好きなものが作れる

作ったものはみんなで鑑賞し合う
干渉もし合う

技術指導員　松﨑義行

★佐藤雨音

私の耳がとらえきれない
コントラバスの音
聴こえなくても振動でわかる
見えなくても聴こえなくても
そこにあるもの

★佐藤雨音

手袋をしないあのひとの手が
いつでも冷たくならないように
離れていても祈り続けている

雪さん
すごいね
肩まで掘っても
まだ届かないや…

★飯野正行

雪が降ると
静かになる
長靴の下で
きゅっ、きゅっ

★飯野正行

雪は会話を
奪ってしまったのでしょうか
沈黙という親密な関係が
見えてきます

いつも
思うんだけど
雪にも
匂いがあるよね

★飯野正行

雪さん
あなたの中に
とけて行っても
いいですか…

★飯野正行

★中崎昭子

鼻をほじっていても
まるごとの君が好き
だって私を
宇宙から見つけてくれたんだもの

★中崎昭子

大好きだよ
耳元で魔法の言葉をありがとう
ギュッ、ギュッ、ギュッ
うん、明日も頑張れる

子どもから
パワーをもらうお母さん
ふたりでじゃれあって
ギュッ、ギュッ、って
痛いくらい？

★村田和

呼吸器越しに
必死に伝えてくれた
「ありがとう」
わたしたちが言う言葉だったんだよ
ホントは

★村田和

小さいころ　よくしてくれた
読み聞かせ
こんな形でするとはね
もう　メールを読めない
父に

読み聞かせのお返しです
メールの文も
愛する人に読んでもらったほうが
きっともっと幸せ

★めめさん

「ねぇねぇ〜聞いて」
「なぁに？　なぁに？」
たわいのない会話のはじっこに
幸せがぶらさがっている

★めめさん

「なんでやろう？ママと同じ味になれへんねん」

と、次女からのメール

なにゆうてんねん
おかんの味は簡単にはできへんでぇ

お母さん、
たしか関西の人ではないのに
感染ってしまったんですね
にわか関西弁が
かわいらしい

★兎ゆう

通じていないのは
言葉じゃなくて
こころ

★兎ゆう

怖いとき
苦しいとき
ママを呼んだ

心のなかで
ママを呼ぶ

通じてないと感じるこころが
きっと通じてる

★松崎義行

私は私の幸せを知っている
その幸せをだれにも遠慮なく手に入れる
神さまに隠すことはやめて
自分にも遠慮するのはやめて

★松崎義行

椅子をひきましょう
さあおかけください
どうぞお召し上がりください
自分で自分を招待した
とある記念日のランチ

繊細な気持ちや恥ずかしい秘め事。
秘めているからこそ
パワーをもっていることもありますが
ブレーキになっていることに
気づくことも…。

振り向けば詩があった

悲しみと、暮らす

たなかまゆみ

悲しみと、暮らす
それは、
青い色の悲しみ
まるで　深い海の 底のような 悲しみ

悲しみと、暮らす
それは、
音のない 悲しみ
物音がするのは　平穏の証しだったんだ　と
無音の中で　初めて気づく 悲しみ

悲しみと、暮らす
それは、
モノクロの世界に
一輪のシクラメンだけが
色づいて見えるような 悲しみ

悲しみと、暮らす
それは、
1日に何回も
思い出し笑いが沸き起こり
そのむなしさに気づく 悲しみ

悲しみと、暮らす
それは、
美しい景色を眺め、ため息をつくこと

それは、
冷たい水に、せつなくなること

それは、
ワンピースのホックが、1人ではかけられない　ということ
それは、
朝なのか　夜なのか、分からなくなること

悲しみと、暮らす
それは、これが
このまま　日常になるんだと
薄々と　気付きだしている
自分への 嫌悪

悲しみと、暮らす
いつの日か
あなたと また 会えるまで
悲しみと、暮らす

身勝手

兎ゆう

最期に何を見たのだろう
カーテンの外の薄明かり
役立たずの携帯電話
顔をうずめた冷たい絨毯

最期に見たものが
不機嫌な娘の顔だと願うことは
虫がよすぎるだろうか

いつも私は不機嫌だった

いつでも私は不機嫌だった
母が最期に見たものが
いまわの際の幻想ならば
不機嫌でもかまわない
私の姿であってほしい

無邪気

救急車が通ったら
親指をぎゅっと握るんだって
そうしないと
親の死に目に会えないんだって

それがもたらす苦しみを
知りもしない子ども時分
ぎゅっと親指を握った

あの頃
母は誰より大切な存在だった

力が足りなかったのか
不真面目だったからか
親の死に目に会えなかった

救急車が通ったら
親指をぎゅっと握るんだよ
遊びじゃない
やがてくる未来のために
ぎゅっと握るんだよ

代弁すると

後ろ向きに流れる景色
通路をはさみ左右に座る人びと

私が話すと笑顔が返る
私が歌うと弾む手拍子

気難しそうな人が
車窓に見える山々に
広がる北の海に
頬をほころばせる

言葉

トタン屋根に落ちる雨音が
やけにうるさい
どんくさいやつだ
雨粒が尻もちをついている

トタン屋根をすべり落ち
どんくさい雨粒が
ゆっくりと地面にしみ渡る
心に言葉が届くように

不器用

ゆうくん

父と僕と犬が歩く

ひんやりとした空気は眠気覚まし
身体も　だいぶ火照ってきた頃
自販機で　コーヒーとジュースを買い
公園のベンチで一休み

父が　一服を始めると
鼻に届く独特の匂い
苦手とまでは言えないけど

吸い終わるまで　距離を取る僕と犬
吸い終わるまで　沈黙が流れる父と僕
父の手が　２本目に伸びる　沈黙が続く

父と煙草

煙たかった　父の一服
２本目に伸びる頃　苦痛が伴う
煙たくて　鬱陶しかっただけの匂いを
ただ　懐かしく思う

渋い顔？旨い顔？
父の表情は　ぼやけて見えないけど
僕は　ただ　懐かしく思う

ほんとうのじぶん

ほんとうのじぶんは　ネガティブのかたまり

もっと　すなおになりたい
もっと　しょうじきで　わがままでもいたい

はっぽうびじん　だれにでもいいかおするじぶん
それもほんとうのじぶん　ひていしない
それだって　ほんとうのじぶん　いまの　すきなじぶん

だけど　たまに　こころがまいごになる
ゆめでも　きらわれるのが　こわい

つめたく　つきはなされるのが　こわい

だから　このさきは　よまれたくない
それでも　よんでほしい
やっぱり　よまれたくない
おくびょうなぼくの　おねがい

そっと　とじて

ぼくの　だいじなひとに　むけて　２枚目

39 ゆうくん

元氣でな

好きなようにしたらいい
好きなように生きたらいい
好きなように死んでいったらいい

それも　あんたらの生き方だ　死に方だ
ぼくも好きなように　今を生きて
いつかは　死んでいくから

今が　幸せでも不幸せでも
伝えておこう　伝えられるうちに

元氣でな

【詩人解説】家族に対する現在の僕の心境とメッセージ。
詩とはいえ、世に出回ったら非難来るかな・・・。それでもいい。
手に取って読むこともない。それが僕の家族・・・

詩恋

詩が　素敵
最幸が育まれていく
ぎゅっ！となる胸の奥で
大好きになっていくのが怖い
今までにないくらいの
好きな想いが　詰まっては溢れる
氣持ちが怯えてる

虹の橋

村田和

湯灌のとき
外から鳥のさえずりが聞こえてきた
しかもどんどん増えていく
明らかに野生の鳥じゃなく
飼い鳥の

あぁそうだ
父は40年以上　鳥を飼ってきた
亡くなると　庭に埋め
微妙な達筆で

墓標つくってきたんだった

ぴーちゃん　ぴーすけ
ぴーたん　ぴゃー蔵
（みんな微妙な名前でごめんよ）
迎えてくれてたのね

虹の橋から先は
私にはわからないけど
父をよろしくお願いします

父さん

あなたが生まれたとき
みんな笑って
あなたは泣いてたでしょ？

だから

あなたが亡くなるときは
あなたが笑って
みんな泣く

みんなと

穏やかにお別れして
かっこよかったよ
天晴れ

母《ハハ》って笑えれば

母親っつーても、新人だから
もうどうしていいか
わかんないことだらけ
今みたいにググることも
できなかったから
これでいいのかな？
いいんだよ、ね!?

ただ、適度に適当だったから
振り回されなかった

一人一人違うから
一瞬一瞬変わるから

考えすぎず
いや、考えてなかった（笑）

楽しかったなー　ホント
三才までのビデオで
百才まで飲めるわ

安心して
そんなに生きないから
美人薄命（自己申告）って　いうでしょ？
の、わりに、あら！フィフだ

信長よりも生きてるわ

あ、家庭内の天下統一は
完璧でっせ
だれも逆らえないはず

起こすなよ、謀反

家庭内ヒアリング調査

北朝鮮
恐怖政治
独裁

ダンナが言いやがる
息子も笑ってる

そーかな？　優しいもんでしょ？
ミサイル打ってないし
たまに　雷は落とすけど

愛のカタチ

銀色雪生

だからといって別れるということは考えていなかった
一緒のお墓に入るって決めて
大好きで一緒になったあなただから
だけどいま、ホントはつらくて真っ暗な明けない道を
もう、二年もさまよっている
未来のことは誰ひとりわからないけど
こんなにヒドイとは笑っちゃう
毎日ハキソウで
毎日胃がイタイ
一日一回は大きな声でどなられて

眼をつむって静かにそれを飲み込む
二年も貯めたそれは、胃カメラにいくつか影を残す
やっぱりね、ソンナキガシタ。。。
わかっていたけど、飲むことしかできなかった
まわりに吐き散らかすこともせず
眼から血の滴も落ちてこないよう
自分の手で心をしっかり止血した
オカシクナリソウ。。。
小さなこえで朝方やっと出す
早く前のあなたに戻ってね
たとえお墓に行くくらい時間がかかっても
待ってる
これがわたしの、愛のカタチ

忘れられない

途中まで一緒に帰ろう
同窓会の終わり際、言ってきたアイツ
いいよ、と軽めに返す
学生の頃、チョコ渡したのに
何の返事もくれなかったクセに、なに？
あれから何年経ってると思ってるの
まだ、好きだと思っているの？
そんなわけ、ないじゃん
一緒に乗ったエレベーター
いきなりキスされたって
びっくりしてドキドキしたって

動揺を隠しきれなかったって
もう、それ以上のことしないからね
今までしたことのない、チョコのように
あまくとろけた
当分忘れられなさそうなキスだったとしても

灯す

金谷直美

つらいとき苦しいとき顔はどうしても下を向き
口はへの字ぐちになってしまう
身も心もどんよりしてしまうが
そんな時こそ口角を上げ笑顔をつくるのがいいらしい

表情筋が笑う形になるだけで
気持ちの明るくなる物質が脳から分泌されるらしい
なんと自分の作り笑顔で
自身の脳ミソがだまされてしまうなんて
複雑なようでいて案外単純　ヒトの心身

それを知ってからというものつらいとき苦しいとき
多少ムリをしてでも笑ってみる
青空の下満面の笑顔のようにして咲く
ヒマワリなんか想像しながら

・・・・・・するとたしかに！
暗い夜道のような心に裸電球がひとつポッと
灯ったほどの気持になっている　なるほど

真昼の明るさには遠くおよばないけれど
自分で点けた暗闇の中の小さな電球は
じんわり温かく灯っている

たてがみ越しに

ラーメン屋からのかえり道
私の背をとうに越した息子の後ろを歩いた
私の目の高さに肩があるということは
私よりけっこう高い位置から
この景色を見ているんだ

大きい歩幅で歩く子のゆれる肩を見ていたら
なぜか思い出した
むかし牧場でポニーに乗ったときのこと
馬上から見おろすいつもと違って見える風景と
風にゆれていた長いたてがみを

ああそうか　君はすでに
私よりも高いところから見おろす
君だけの風景を持って歩いているんだ
そんな当たり前のことにはっと気づいて
何だかすこしさびしくなった

ラーメン屋からのかえり道
暗くなった空に星がいくつか
ぼんやりと光っていた
背丈のかなり違う私と君が見あげても
あの星は同じ遠さと輝きで見えているのになぁ

不機嫌からの脱却

大沼いずみ

私が
あなたが
世界が
不機嫌からの脱却に
成功したなら
すぐに教えて下さい
終戦の歌を歌って
旅に出ます

ふたりきり

ごろんと寝転んだら
窓の外にお月様見つけた
こんばんはと挨拶して
秘密のお話 打ち明けた

背中のリュックを下ろしてね
遠い記憶を形にして

ふたりきりだからね

草原の中で

草原の中に住んでいた頃
お休みの日は母について町へ行く
暖かい季節になれば
草の緑が風になびいて波のよう
道路脇にはぽつりぽつりと
野の花が咲いている

帰り道　突然母が車を止めた
少年のまま旅立った兄が
野の花が好きだったと私に話し
車を降りて草むらに入っていく

私は黙って車の窓から見ていた
母は兄の好きなものを覚えている
母ということを感じていた
そばにいてもいなくても
好きなものを覚えていてくれる

母が摘む野生のオレンジの百合

ぽつりぽつりと
オレンジの百合　紫のエゾリンドウ
白いノコギリ草
黄色い月見草　赤いコウライタンポポ
私は兄の声を知らなかった

真似して私も学校帰りに花を摘む
兄も母も喜ぶだろうと
こころを秘かに弾ませて

65　大沼いずみ

「夜の蝶」

秋月風香

蝶さんはいいよな
ボクとそんなに姿は変わらないのにね
みんなから好かれている
うらやましいな
ボクにだって羽根があるのに
模様が嫌いなのかな
あのクルクルしたストローがないからかな
ただボクにはあの太陽の日差しがまぶし過ぎるんだ
沢山の人が活動している昼間がボクには苦手なんだ
蝶さんは太陽と似ていて

明るくてキラキラしていてうらやましいな
ボクは何の為に生まれてきたのだろうか
ボクはこれからどんな事でお役に立てるだろうか
ボクはボクの意味を知りたい

紫陽花

私は紫陽花
雨の中
寂しさから生まれる
私は雨が好き
泣いてる姿をごまかせるから
ヒマワリみたいに、あなたみたいに
太陽のような笑顔なんて
ずっとしていられないもの
評価されない悲しみと
悔しかった涙があったからこそ
私は輝けるの

ハッピー♡

オニヤンマを捕まえてきた時
海でキラリと光るまるい石を拾った時
水たまりをバシャバシャと歩いた時
口に入れたら種のないブドウだった時
太陽の光を下敷きで集めて虹を出した時

朝起きたら体重が２キロ落ちてた時
洗車しなきゃと思っていたら雨が降った時
メイクを落とさずに寝ちゃダメ。と思いながら布団に引き込まれる時
バカだね。おまえはと飛び切りの笑顔でポンポンされた時

バイバイ

月乃にこ

レンズ越しの桜 霞んで見える
悦びが湧かない
少し疲れているせいか

小枝に留まる雀 黄色に見える
近づいても小首を傾げるだけ
どう見えているの 私のこと

眼が腐ってきている
小さい鏡の世界を覗きすぎ

ベンチに座りこれを書く

気がつくと　散歩の柴犬と足元で目が逢うも
たちまち　眼中にないと言う無言の人間に
綱をグイッと引っ張られ過ぎていく

バイバイと振り向いたまま犬は言った

風旅行

青い切符を買って
風の列車に乗るのです
何処へでも行けて
誰とでもおしゃべりするのです

でも
私が行きたいところはただひとつ
私がいていいところはただひとつ

あなたがいる　ここなのです

ここでじっくり しっかり
一緒に光る景色を眺めましょう

夜守鳥《よるまもりどり》ー ふくろう

月よ 惑わせないでおくれ
そんなに大きな光の輪を広げては
生き物たちの眠りが妨げられる

明日、今日ともしれぬひとつ ひとつの儚い命だとしても
ひと時の休息を奪わないでおくれ
私は眠りの帳を広げ 皆を包みこむ

お前がいくら近づいても
地球の鼓動と重なり合うことはできないのだから
手を差し伸べても届きそうで、届かない距離感で

共鳴しあい　分かち合おう
太陽が目を覚ましたら
帳を広げて羽ばたこう
お前と話すために　空の向こう側まで

たま たま

ひっちゃかめっちゃかに走ったら
たま たま ばったり出逢ったよ

確信なんて
とんでもハップン 歩いて10分の処にはないものよ
行ったこともない地球の裏側にあるかもしれないが
たま たまの確率は極小だね

出逢いをみつけたかったら
いつも通りの散歩道を

頭カラッポにして歩けばいい
注意はひとつ
ないものねだりばかりすること

ダンスパーティー（紫陽花）

めめさん

ことしの夏
わたしの目を楽しませてくれた
ダンスパーティー

風が通るたびに
大きな花びらと小さな花びらが
可憐に踊る

咲き進むと

花びらのコントラストが変わって
次のステージが始まる

ときどき
雨のしずくでお色直し

日差しを浴びると
鼻先をピンととがらせて
ダンスの相手にご挨拶

よく見ると
みどりの葉っぱと茎が
しっかり舞台を支えてる

今日咲く花は
朝は母の
夕は父の
水やりで満ちている

花びらの色が冷めたら夏の終わり
花後の剪定が済んだら
ダンスパーティーは
また　来年

＊ダンスパーティー・紫陽花の品種名

大切なもの

大切なものは
ずっと手元において　ながめていたい
手放すと
心に穴があいちゃう気がする

でも　大切なものは
思い切って手放すほうがいい
笑って手を振ったほうがいい

久しぶりに会った
あの子の目が輝いていた

微熱

N*（ななえ）

息をのんで
涙をのんで
身体の中に花が咲いた

風が吹き抜けた後に感じた熱が
火照る頬から私を包み込み
強く 強く 離そうとしない

◇

水に絵の具を落としたような
目を逸らす事のできない事実と衝撃
青天の霹靂
たった今のことではない
くるくると
溶かせばいいのに
落ちてもなお
原色のまま 留めておいて

◇

宇宙の中心に　とぷん　と
落ちていって　漂っていた
瞼の裏に 鮮やかな原色を描きながら
収拾のつかない自分の生と向き合っていた

感情は芸術品であり
喪失とは美しさであり
幸福は真っ白いスケッチブックのようで
未来とは満天の星空みたいなものだ

世の中に存在する全てのものは
何にでも例えられると思っていたけれど
今伝えたいこの想いは

他の何にも形容することは出来ないと気付き

それと同時に
外の空気に触れた その瞬間に
朽ち果ててしまうのだと悟った

触れたいものには触れられない
言葉に命を吹き込めない

もうすこし　もうすこし
叶いうる願いを
呼吸のできる展望を

タンポポの詩

中村舞

わたしはね　ただ　ここにいるだけなの

風がふいたら　それにあわせて体を揺らし
雨がふったら　その雫を受けとめるだけ

わたしはね　ただ　ここにいるだけなの

誰かが踏んだら　その重みを感じ
この体がしおれても　それも運命とうけとめる

ほらね
こんなに優しい太陽の光をあびる日は
詩だって歌うわ
生命の喜びで　私の黄色の体がふるえるの

そしてまた　風にふかれ雨にうたれ・・・

わたしたちはね　ただ　ここにいるだけなの
それが生きるということ

それが　私があなたの世界にいる理由
あなたが　この世界にいる理由

カメレオン

私はカメレオン　どんな色にも姿を変える
誰も気がつかないうちに変身するから
みんな私の本当の色に気づかない

私はカメレオン　どんな色にも姿を変える
毎日毎瞬違う色に変身するから
時々私の本当の色がわからなくなる

誰か見つけて　私の色を
誰か気づいて　本当の私を

私はカメレオン　どんな色にも姿を変える
何色にも姿を変えられるけど　でも
本当は　ただの私で生きていたいの

カメレオン　やめたいのに
今日も変わる　明日も変わる
私の姿がわからなくなっても

私はカメレオン　　それが　私

わたしの日

昨日は　わたしが
わたしを　はじめて　知った日
今日は　わたしが
わたしを　はじめて　好きになった日
明日は　わたしが
わたしを　はじめて　生きる日

朝

ある日の早朝　この場所まで来た
誰にも話せない思いを
一人で抱えるのが限界になったから

ある日の早朝　本当は泣きたかった
なのに　私はただ
この地平線の美しさに見惚れるだけだった

地球の回転が　私たちに朝を届けて
この世界に新しい色が生まれ
地平線に昇る陽の光の最初の一筋が鋭く私を貫いた

その一瞬に！

昨日の続きはないことを私は知った
この世界は　毎日新しい始まりであることを

ある日の早朝
私は泣きたくて　この場所まで来て
そして　やっぱり泣いてしまった

私も生まれ変われることを知ったから

空も地上も新しい色に塗り替えられた頃
私はこの場所を去った

心の中に「朝」を抱えて

奥野水緒

話せないわたしと書けないあなたと

話せないわたしと書けないあなたと

子どもみたいなしぐさで
子どもみたいな会話はつづく

わたしは上手に踊れないから
すぐに消えてしまいたくなる

そんな時あなたは
やさしく抗議をする

「消えることなんかない
　僕は見ている」

それから少し笑って
遠くを見て
「きみはぼくの夢だ」と言った
迷子のような顔をしていた

きみのトイドラム

白いシーツが冷めたころ
思い出すように聞こえだす
空調音とブリティッシュロック

頭のうしろに静かな呼吸
水が飲みたいような気もする

右手・右手・左手・右足
ツタ・ツタ・ツタタ
ツタ・ツタ・ツタタ

閉じたままの四つの目
リズムに合わせて手足は動く

右手・右手・左手・右足
ツタ・ツタ・ツタタ
ツタ・ツタ・ツタタ

こうして音を出し分けてるの
ちっとも知らなかった
いつもわたしは歌うだけ

右手・右手・左手・右足
ツタ・ツタ・ツタタ
ツタ・ツタ・ツタタ

スネア・バスドラ・ハイハット
細い手足で鋭く狂わず
ツタ・ツタ・ツタタ
ツタ・ツタ・ツタタ

私はじっとくるまれて
動けずあちこち弾かれて
肩・肩・背中・ふくらはぎ

もうすぐ眠りに落ちるころ
わたしがもしもドラムなら
きっとこんな気分でしょう

音のない皮膚

天井をじっと見つめて
何も言わなくなる
湿った目じり
言葉を忘れたように

何か喋って

水のボトルにぽとりと落とした
錠剤が沈んでいく
ごくりと喉を鳴らすたび
記憶がぶつぶつと途切れる音

何か喋って

ボトルの底に光をあてたら
混ざり溶け合う泡の渦が見える
あなたは溶けてなくなりたくて
幾度も被さる

何か喋って

知らない男の顔
線で書かれた目鼻
黒いふちどり
瞬きを忘れたように

目を覚まして
そこから逃げて
全て取り上げて
シンクに流してしまいたい
あなたを一人にしない

ねえ何か喋って

103　奥野水緒

古川奈央

インタビュー

花火

「あの人の死に目に会えないなら
いっそあの人より先に死のうと思うの」
と 彼女は唐突に 言った

「自死なんてぜったいにダメ」
と 当たり前のことを言う私

「そんなバカなことしない

自死しても　同情されるだけ
毎日１２０％生きて　生きて　生き抜いて
力つきるように大輪咲かせてぱたっと逝くの
あら　まるで打ち上げ花火みたい
私　こんなこと考えていたのね
いま気づいたわ」

命を使い尽くそうとする彼女に　言葉もない
私は手帳の今日の日付のとこに
花火
と　一言書いた

無精者の現実

「ありのままの君が好き
と 彼は何度も言ってくれる
でもね 彼の知ってる私のありのままって
けっこうちゃんとした人
本当の私は だらしがないし
惰眠を愛してるし
片付けだって料理だって
あんまり好きじゃない
洗濯も週に一度
アイロンがけなんて面倒
だから ありのままの私を
あの人は知らないのよ

ちゃんちゃらおかしいわね」
そう言って笑う彼女は
私のカップに 挽きたての豆で落としたコーヒーを注いだ
そんなありのままのあなたを
私は素敵だと思うよ と
私は心の中でつぶやいた

大海《たいかい》

「あの人のいないベッドは　とても広い
だから私はここで　夢で見た旅の服を選び
本を広げて夢想する
私は彼のいない場所で
とても楽しそうに暮らしてる
ときどきワインを開けたりしてね」
そういう彼女のベッドの枕元には
彼女の彼の愛読書
彼女は夢の中で大きな海を越え
彼は本を置いたまま　どこかの街へ
彼女の愛の深さを
その本の厚さに感じた

トンネル

「愛してるって言うの
私もって答えるの
本当は　私も愛してるって言いたいの
でも　言ったら負ける気がして」
と　彼女は首を右に傾ける

「何に負けるの？」

ありきたりの質問をする私

「恋愛って　勝ち負けじゃないよね？」

当たり前のコメントをはさむ

「その当たり前の質問 いいね
答えられない質問って 好き」

好きと 愛してる
同じようでいて
まるで間に大きなトンネルがあるかのように
歩いては進めない一歩
トンネルを抜けたら
光が差すのに
その一言だけは
恥ずかしくて言えなかった

「愛してるって言えますように」
と 桜色の紙切れにメモして

四つに折って手帳にしまった
彼女が？　私が？
その願いが叶うのがどっちでも
私の祈りが届きますように

未知世

雪灯りの夜に

水気の多い湿った雪の中
異国の旅人に交わり二人
久しぶりに　夜の探検にでた

本当にね
君を思うから

君がね
愛しているのは知ってるよ

時に 互いを思い過ぎて
傷つけあう事もね

水面に浮かぶ無数の雪灯り達

珍しく 素直にシャッターに納まる君に
少しだけ 笑いたくなった

雪灯りの魔法にかかったのかもね

張り巡らせた鎧で自分自身を傷つける君
側にいると 時々 苦しくなる

でもね

これからも　こうやって
時を重ねてゆくと　覚悟はしたからね

これからも
傷つく君のその手を離しはしないからね

泣きたかっただけ

冷たい闇の
ベッドに独り

馬鹿げた言い争い
飛び出した男

私は幸せなのか？
不幸せなのか？

私は笑えてるのか？
君と 笑えてるのか？

君といたいのか?
君は 私といたいのか?

ねぇ ねぇ
どうしたい?

泣き疲れたら
夜の闇が 優しく包んでくれた
泣きたかっただけかも

めんどうくさいから
明日 考えよう

朝が来て
また、君が横で寝息を立てているのを
知っているから

サヨナラ

最後の時
君は泣いていた

震えながら

サヨナラ

別れ際 背中にまわした手が
震え 背骨を辿る

気づいた？
前よりも浮き出た背骨を
泣けない私は淡々と君を感じた
震えながら
君は泣いていた

休日

履いてくつもりのサンダルを履かれていた

車で行こうと思ったのに
車庫の前に車を停められていた

美容室の予約を勘違いして
キャンセルになった

ジワジワ　ジワジワ拡がっていく黒いシミ
ジクジク　ジクジクヤラレていく

すこしの涙
ひとりの時間

君が居なくなって
はじめての休日

揺れるピアス

佐藤雨音

すっかりからっぽになって
私の上で重たくなる君

その重みを感じるたびに
この男のためならば
きっとなんでもしてしまうと予感している

愚かな女だと
恐れながらも後には引けず
君がくれたピアスに触れている

愛に関するおぼえがき

叶わぬ愛と思ったけれど
叶わぬ愛などない

ただ愛すればよい
愛しつづければよい

ためらいも罪悪感も
誰にも遠慮もいらない

ただ愛する
心のままに愛する

心の中で愛する
簡単で単純なこと
ただ愛する
その喜び

いつか立ち去る男

誰のせいでもなく
誰かに負けたのでもない
ただ始まって　終わる
始まって　終わる　それだけ

この終わりの始まりを
私も君も止められない

この未練や嫉妬はまだ続くだろう
でもこの終わりはもう止められない

みじめでぶさまなこの終わり
それでもこの痛みをかみしめながら
私はこの恋の仕舞まで見届ける

小さな旅

眠りにつくときから目覚めるまで
一緒に過ごしたのはあの時一度きりだった

朝の気配のまだ暗い空に
特別な光で輝いていたあの星
息をのんでふたり
言葉もいらず見つめていた

残酷なくらい瞬く間に夜は去り
あの明けの明星も見えなくなっていった

見えなくなってもかまわない
私はあの星を見失わない

狸小路のアラベスク

夏の名残が　かけらのひとつも残さず消え去った
まるで最初から夏なんてなかったように

こんな風に君も去って行くのだろうか
まるで最初から何もなかったように

誰も知らない恋だから　誰にも知られず終わってく
用心深い君のこと　あとかたひとつ残さず立ち去るだろう

狸小路に流れる　不似合いなドビュッシーのアラベスク
すれ違う人たちが話す聞きなれない言葉

濡れた傘がスカートにつくたびに苛立つの
気が滅入ったのはこの雨のせいかもしれない
終わりの予感ではない
きっと少し疲れただけ
先の見えないこの恋が私をどこまでも落とすから
私はこれからもずっとここにいる
少しさびれたこの界隈
狸小路のつきあたり

雪の白さが切ないのは

飯野正行

雪の白さが切ないのは
君を想い出すから

雪の白さが切ないのは
泣きそうな瞳で微笑むから

雪の白さが切ないのは
木陰から妖精が見つめているから

雪の白さが切ないのは

ひょこたんと立って首だけ曲げるから

雪の白さが切ないのは
その頬を想い出すから

雪の白さが切ないのは
限りなくやさしいひと時だったから

雪の白さが切ないのは…

初雪

幼ない頃
雪が好きだった
一番の感動は
初雪を見た瞬間
まるで
あの世からの使いが現れたかのように
聖なる瞬間だった
溢れる想いで走り出し
空を見上げて立ち尽くした

あの時の想い

どこに置き忘れてきてしまったのだろう

タイヤ交換のことを考え
除雪機の準備に嫌気がさし
背を丸めて歩いている
さぁスコップやつるはしを出しておこう
ママさんダンプも
雪の神さまが
私に嫌気をさしたんだろうな

あ、雪だ…

＊ママさんダンプ＝手で押す形の除雪の道具。

詩が書けないキミへ

村田由美子

「水たまりは　宇宙の入り口なんだよ」
映った青空を覗き込み　教えてくれたキミ

「こうやるとね　宇宙船に乗ってるみたいなの！」
夜の空から吹きつける雪たちを　一心に見上げ
頬っぺたを真っ赤にして　キミは叫んだね

「ほら　ここは落ち葉の踊る場所だよ」
小川の渦　キミだけが知っている秘密のワルツ

そんなキミが　宿題とにらめっこ
「詩って、どうやってかくの？」と困り顔

書けなくたって　いいんだよ

風に　大地に　この宇宙《そら》に
キミが見つける　キミのうた

それがどんなに素敵だか
わたしはとっくに気付いてる

それでいいんだ　いいんだよ
書けなくたって　いいんだよ

夏草たちの September

わっさわっさと青々と
いっせいに揺れ　いっせいに奏でる
キミたちまるで夏草だ
宇宙から飛び込んできた巨大隕石さえ
わっさわっさと包み込み
極上の養分に変えちゃって
どんどんのびる　ぐんぐんのびる
そしてどこまでも青くさい
それもキミらの魅力だね
泣いて、笑ったあの夜を
月が優しく見ていたよ

「夏はずっと終わらない」
キミたち見てると、そう思う
それでも季節は過ぎてゆき
9月の終わりの夏草が
ラストナンバー奏でてる
夏草たちの『September』
わっさわっさと　胸張って
わっさわっさと　楽し気に
さよならの時間《とき》を奏でてる
「ボクらは夏を忘れない　ボクらの夏を忘れない」
そんな鼓動が沁みてくる
紡いだ日々が沁みてくる

Nのカフェにて

唐突な誘いに　あきれてるかな
けれどあなたは　きっと来てくれる
この古い階段を上って

サワサワサワ　サワサワサワサワ
窓の外では　木々と陽射しのロンド

久しぶりだから
話したいことがいっぱいだよ
聞きたいこともいっぱいだよ

サワサワサワ　サワサワサワサワ

あなたと私との間に
静かな　何かが　流れてる
越えることのできないその沈黙へ
私は　そっと手を伸ばす・・・

指に触れたのは　詩の揺れる冷めたお茶

サワサワサワ　サワサワサワサワ

また・・・誘ってもいいですか？

ただいま

肺まで凍らせる空気を
思いっきり吸い込む
なんども　なんども

おいしい・・・

指も頬も痺れさせ
やがて感覚すら奪ってく
鋭利な刃物のような寒さが

うれしい・・・

朝も昼も夜も
求めていたんだ　わたし
朝も昼も夜も
求められていたんだ　わたし
今、はっきりと気付いた
ここがわたしの　いのちの住所
わたしが　さいごに吸う　大切な一息も
ここで・・・きっと・・・

詩人たちのエッセイ

秋月風香（あきづきふうか）

「私にとって詩とは」

明るく社交的に見えがちな自分、創り上げてきた自分の表面像をライトにぶっ壊してくれるアイコンであり、心のよりどころなのかもしれない。

自分の中の甘さと幼さ、悔しさ、人と比較して劣っている自分に気づいた気持ちなど、そんな揺さぶられる感情を擬人化したり素直に表現する事で、読み手の人が何か共通の感情を思い出してくれたら嬉しいな。と思います。

飯野正行（いいのまさゆき）

ただ観ずるままに

たくさんの詩集を読んで来たわけではありません。詩人の名をたくさん知っているわけでもありません。文章について専門的に学んで来たわけでもありません。何も知らないままに、ただ観ずるままに書き始めて今に至っています。具体的に書き始めたのは４０歳くらいからです。今回のこの詩集では、「雪」をテーマにしたためてみました。

２０１６年９月、第１詩集『こころから』を出版いたしました。

兎ゆう（うさぎゆう）

雨粒にさえ、母を想う

私の母は、少々やんちゃな人で、家族にとっては大変な存在でした。でも、その天真爛漫な人柄が、周囲の人から愛されていたことは間違いありません。

母は、生前バスガイドをしていました。ずっと以前、母は新人バスガイドの教育担当をしていたことがあります。母が亡くなって、数ヶ月が過ぎたころ、母の教え子だった方から一通の手紙が届きました。手紙には、母との思い出や母への感謝の気持ちが綴られていました。この手紙を読み、母の死を悼む人がいたことが嬉しく、涙がこみあげてきたことを覚えています。

今、あんなに疎ましく思っていた母のことを、私は毎日毎日想っています。雨粒にさえ、母を感じるほどに一。振り返ってみれば、母は、本当に可愛い人でした。

私の書く詩すべてを、亡き母へ捧げます。

大沼いずみ（おおぬまいずみ）

日常の中で

朝起きてすること
カーテンを開ける、朝ご飯を作る、食べること。
玄関を出て、風の匂いを感じて、日の光の暖かさを知ること。
仕事をしながら汗をかき、冷や汗もかきたまにほろりときたりして。
季節の中で彩りを教わり
誰かが話す言葉がこころに残る。
どこかで鳥が鳴いていたこと。
気持ちの良いことも煩わしいこともある
私の日常。
ごく普通の毎日の中でこころはいつも何かに驚かされる。
小さくそっと驚いている。
それが忘れられなくて
言葉にしています。

銀色雪生（ぎんいろゆきお）

門出

銀色夏生さんに憧れ、教科書にみっちりとマネして詩を書く。恋に恋して、好きなひととは話もできない、意識しすぎて空回りしちゃうダメ女子高生でした。折角デートしても、食べている姿を見られるのが恥ずかしく、味もさっぱりわからない。本当の自分を出せない、ひどかったです。未だに妄想トキメキ癖あり。リアル旦那さんはとっても楽なひとです。しかしながら、それは突然やって来て、地獄を見ました。忙しすぎると人間は壊れる。判断力も失い、仕事を辞めるのに二年も経過してしまいました。この原稿を入稿する翌日、やっと退職を認められ、夫は無職になります。少しずつ気持ちが晴れていくのを待つだけです。明日からの、人生の第二章、わたしたち夫婦はそれぞれに大好きなことだけをして生きていくことを、今ここに誓います。

金谷直美（かなやなおみ）

詩を通して思うこと

私が詩を書くようになったきっかけは、いま思えば自分の中でパンパンにたまっていた気持ちを吐き出すための、切実な手段だったと思います。

書いていると、それまでただモヤモヤとしていた思いや感情が、はっきりと浮かび上がる。自分はこんな風に考えていたのだと、あらためて知ることができる。それどころか、思いもよらなかった自分自身の言葉が不意に出てくることもあって、私は詩の持つ魅力や奥深さに、いつのまにか引きこまれていったのだと思います。

詩 という、ともすればフワフワと飛んでしまいそうな風船のようなものを、もっと地面に近い所で浮かべたいし、触りたいし、皆で共有もしたい。今は、そんな気持ちで書いています。

奥野水緒（おくのみお）

産んでからの恋は

「あなたの詩を読むのは切ない。詩にはそのままの気持ちが出るから。一度読んで、それから本を開いていないんだ。」と言う人がありました。詩を書かぬ人でした。

一度書いて人に見せた瞬間、それは読む人の脳と身体をぎゅんとめぐり、色とりどり勝手さまざまなイメージや感情をゆり起こすのだなと、彼の洋服の縞を見つめながら、40歳のわたしは改めて驚くのでした。

「あなたの詩はいつも謎をはらむ。挑むように遠い土地へ冒険をしては、たまに見せに帰るその世界を僕は覗きたくなる。」と詩人は言います。そうでしょうか。

色とりどり勝手さまざまの謎解き遊びを楽しみながら、成熟へとつづく螺旋階段をくるりくるり。共に上れたらと願うのは、わたしの贅沢でしょうか。

月乃にこ（つきのにこ）

詩は歩く

札幌ポエムファクトリーでは、自作の詩を披露したままで自己完結とはさせてはくれない。互いの作品の感想を述べあい、詩を歩かせる。読み手のところまで辿り着ければ詩は成長し、書き手もまた、新たな発見ができる。ここでは、そんな刺激的で濃厚な詩の時間を過ごせる。

詩を書くということは、セルフカウンセリングになると誰かが言っていた。確かにその要素はかなり大きいと思うが、詩は、自分のものであると同時に、誰かの胸に吸い込まれることで、はじめて生きるのではないかと、ポエムファクトリーに参加して思う。

そして、今こうして「詩集」として私の言葉のカケラが、私の手から放たれようとし、誰かがそのカケラに触れることを想像するだけでワクワクしてしまうのである。

たなかまゆみ

詩みたいな言葉たち

今年、最愛の人と死別しました。

大きな喪失感とその周辺の感情は、私の人生で初めて味わうものです。

私は自分のこの感情に詩をつけることで、希望を探すようになりました。


今はまだ、日常を過ごすだけでも精一杯ですが、私の中にうまれるこの「詩みたいな言葉たち」が、生きることを支えてくれているように感じます。

私の詩は、暗くて辛いものかもしれませんが、同じ喪失を味わっている方に、そっと寄り添う言葉であればと願います。

佐藤雨音（さとうあまおと）

何もない11月

こんな冷たい雨の降る日は暗くなるのも早い。もしかしたら雪になるかもしれません。


1年後の今も詩を書き続けています。けれどそれが何かを生みだすわけでもなく、何かを変えられるわけでもない。

誰かを喜ばせようとか、感動させようとも思っていない。

ただただ浮かんでは消えいくことばたちをつかまえて書き残し晒している。

ことばの数は多くない。難しいことばは知らないから。

自分勝手でわがままで欲張りです。でも、自分の人生を生きています。

N*（ななえ）

言葉と生きてゆく

中学生の頃から詩を書きはじめ、高校3年の時、100個の詩と、それまでの人生の自伝を合体させ、自費出版で本を作りました。その後ぱったりと活動をしなくなっていたのですが、ここ1〜2年前からふつふつと言葉を綴りたい思いが再燃し、10年近い時を経て、また活動を再開しました。言葉が好きで、日本語が好きで。自分が好きで、自分が嫌いで。その全てを解き放ちたい。打ち勝ちたいんだ。人にもそうだけど、やっぱり自分自身に。だから、ずっと足掻いてる。ずっと落ち着かない。たまに息苦しくなるんだけどさ。でも、動かしてないと固まっちゃうから。脳みそも心も。だからきっと、私はまた言葉を綴ることを決心したのだと思います。

いのちを燃やしていたいな。こころのなかは、マグマみたいにぐつぐつしてて。

中村舞（なかむらまい）

私の「詩」

物心ついた時から、自然は私の友達でした。空や雲、木々や草花、動物や昆虫たちと心が通じ合えると思い、私の想像の中でいつも彼らと会話をしていました。子ども時代が過ぎ、大人のルールの世界で生きるようになってから、私の感受性は現実社会の中で身を隠し、自然の声も、自分自身の声さえも聞こえない日々が過ぎていました。

「本当の自分がいない」

そんな感覚を抱いたまま過ごす中で「詩を書く」という機会に恵まれました。何かを私の中から見つけたい。その思いだけで何十もの詩を書き続けた時に、言葉を通して「私」が出てきました。

私が感じる「自然の声」そして、私が持っている「自分の声」。まだまだ粗削りではありますが、その2つの声を言葉で紡いだものが、私の「詩」です。

中崎昭子（なかざきあきこ）

*グダグダ*2代目

2代目工場長にと声をかけていただき就任（？）いたしましたが、実は「長」が付く肩書きを名乗るのが苦手です。会社員時代もあえて避けていた時期がありました。特に大きな理由はないんです。ただ、何となくそういうタイプじゃないとずっと思っているのです。表に出るのもあまり得意ではないし、好き勝手していたいというか…。とはいえ、工場長を引き受けたからからにはちゃんとしなくちゃと気合いを入れたのもつかの間、何もできず、前工場長や編集長にやってもらってばかり。ごめんなさい。この場を借りて謝罪します。しかも、今回の作品集に関しては作品もちょっとしか書けず、締切も守れないという…。*グダグダ*な2代目ですが、ポエムファクトリーの皆さん、懲りずに引き続きよろしくおねがいします。

村田和（むらたいずみ）

なぜ私がポエファクに？(某予備校風)

1年前、このメンバーたちは眩しくて、自分が加わるなんて、想像もしていなかった。

むしろ、自分をさらけ出すなんて無理って思ってた。


でも、必然とも思える繋がりがあり、参加させていただきました。

まだまだですが、今伝えたい思いは、残せたかと。


私の一番の応援団長だった、父の仏前に供えます。

未知世（みちよ）

人生の瘡蓋的なもの

あいかわらず 沸き起こるどうしようもない感情を昇華させる為に詩らしきものを書いている。逆にいうと 何かに心がざわつかないと書けないのかも知れないとさえ思う。
私の詩はかなり個人的な人生の瘡蓋みたいなものだ。全ては自分勝手な自己満足の言葉の羅列ではあるけれど これらの瘡蓋によって自らを癒してきた。同じ様に誰かの心に届いて 化学反応を起こす事が出来たなら なんてなんて幸せなのだろうと思い上がっていたりする。
最後に 偶然の出逢いから ちゃっかりとポエムファクトリーの工員になった私。人生は不思議な出会いや巡り合わせで溢れている。そして、関わって頂いた全ての皆さんに心から感謝です。

古川奈央（ふるかわなお）

言葉がやってくる

シャンプーしている時。手が泡だらけで、絶対にメモできない時。ふと言葉の断片がやってくる。「ほらほら、あなたの想像力で、私を広げてごらん」。言葉はそう言って、泡だらけの私の頭の周りをぐるぐる回る。私はその言葉の断片を掴み、こねくり回し、元に戻し、手放し、とにかくいろいろやってみる。それから髪を乾かすのももどかしく、iPhoneのメモに言葉を綴っていく。

「夜中は人の雑念が飛び交っていないから、考え事をする時に邪魔されないんですよ」とは、ヒーラーをしているお友達の言葉。だから私は夜に原稿を書くことが多かったのだけど（夜更かしの言い訳？）、今では夜中に詩を書くことがゆるい習慣になった。去年の夏までは、こうなるなんて思っていなかったなあ。

めめさん

詩は心のカタチ

詩を書いたのは実に何十年振りでしょうか…。昨年「愛のカタチは詩のカタチ」の出版記念パーティのお祝いに駆けつけて、皆さんを尊敬と憧れで拝見していた私。この日をきっかけに中高生時代にこっそりペンを持っていたことを思い出し、またペンを持ってみたいなぁという気持ちが湧いてきました。

ポエムファクトリーの門を叩くのには随分悩みましたが、背中を押してくれたのは「詩は誰にでも書けます」というマツザキさんの言葉でした。そして詩を学ぶようになってから、絵本セラピスト®として絵本の絵だけではなく文章や言葉も大切に人の心に届けていきたいなぁと思うようになりました。今私は、心に感じたことを素直に表現することを心掛けています。まさに「詩は心のカタチ」なのかな？と感じ始めています。

村田由美子（むらたゆみこ）

Nのカフェと詩と私

ある休日の夜。ふらりとNのカフェに行くと、ガラス扉の向こうで詩人が二人、語らっています。やわらかな灯りに浮かぶ穏やかな時間。「ドアを開けたら、この詩的な風景を壊してしまうかも…」と一瞬戸惑いましたが、詩人たちは笑顔で私を迎えてくれました。カップでゆっくりと詩を揺らしながら、詩人たちの話に耳を傾ける贅沢な夜。

日々の暮らしの中には、詩のカケラが溢れています。そして「詩なんて書けないよ」と思いながらも、見つけたカケラを手放したくない私がいます。だから私は出かけます。たくさんのカケラを抱え、Nのカフェへ。 そこで仲間たちと互いのカケラを見せ合い紡ぎあう。時々そんな幸せな時間を味わっています。札幌ポエムファクトリーの仲間、そして参加のきっかけをくれた大切な友人Nに感謝。

松﨑義行

詩を書きましょう

心のなかにあって、とりとめがないけど大事なもの。日常で、外に出すのがはばかれるもの。そういうものを、いつも出すのが上手な人と下手な人がいます。

詩を書くことは、心が重くなりすぎないように、そういうものを出して、自分の美意識にかなう形に昇華することです。だから、詩を書くことは、心を軽くし、心の縛りを解きます。

ぜひ、あなたも詩を書いてみてください。

ゆうくん

詩を通して、向き合う

現在の僕は札幌市内を中心に絵本セラピスト®として活動しています。

今回、初めての詩を書くきっかけは同じく絵本セラピスト®としても活躍中の兎ゆうさんの紹介です。詩は中学時代に齧った程度です。中学時代を含め、不登校・引きこもり経験していた頃に一人遊びしていた時の名残です。成人前に父が他界し、その後で家族との間にも確執が生まれました。それから僕は障がいを持っています。人前で話すこと、感情表現といった類が苦手であること。そういった事情の中で現在も全てを乗り越えているわけではないです。初めて詩を書くことで自分と向き合うこと、出していくという喜びと学びを知り、感慨深いものを感じています。詩自体は拙い、似つかわしくない表現も含まれますが、僕は今回、書けてよかったと思います。

俊カフェに集う詩人たち

古川奈央

私事ではありますが2017年5月、詩人・谷川俊太郎さんのものばかりを集めた「俊カフェ」という店を開きました。俊太郎さんの作品を五感で味わっていただきたい、というのが店の趣旨ですが、札幌の詩の発信基地になるといいな…という思いもありました。

俊カフェオープン以前、札幌ポエムファクトリーの講座は、前工場長の佐賀のり子さんに会議室をお借りして集ってきましたが、オープン後は昼の部・夜の部と分け、俊カフェは夜の部で使っていただくことになりました。昼夜2回に分けたことで、参加者の数もどんどんと増えていき、2冊目となる今作は内容も顔ぶれもボリュームアップしました。

90年以上経つこの建物の空間に、2カ月に一度集う詩人たち。彼らは持ち寄った詩をみんなの前で朗読し、感想を聞き、時に涙し、時にマッザキさんの鋭いツッコミに笑い、心の中に温めた思いを公にして、とてもスッキリした表情で帰っていきます。そしてみんなが帰った後の俊カフェには、見えない言葉がプカプカと浮かび、ゆっくりと積もっていくのです。

俊太郎さんは、詩情《ポエジー》は日常の中にある、それを言葉にするのが詩人の仕事である、と以前テレビでおっしゃっていました。私たちは、プロの詩人ではありません。でも、詩で何かを表現したい、伝えたいと思うものとして、このプカプカと浮かんでは消える言葉、詩情《ポエジー》のカケラを、これからもっともっと深めていきたいと思うのでした。そして私たちの詩情《ポエジー》のカケラに何かを感じ、興味を持っていただけたなら、ぜひふらりと俊カフェの扉を開けてみてください。あなたの言葉を、みんなでお待ちしています。

札幌ポエムファクトリーは2カ月に1回、ポエトリースクールを開催しています。
初心者の方でも、お楽しみいただける内容です。
詩を読むのが好きな方、詩を書くことに興味がある方、
ぜひお気軽にご参加ください。

振り向けば詩があった

2018年2月14日　初版第一刷

著者　札幌ポエムファクトリー
〜秋月風香、飯野正行、兎ゆう、大沼いずみ、
奥野水緒、金谷直美、銀色雪生、佐藤雨音、
たなかまゆみ、月乃にこ、中崎昭子、中村舞、
N*（ななえ）、古川奈央、未知世、村田和
村田由美子、めめさん、ゆうくん、松崎義行

発行人　中崎昭子
発行　ポエムピース
〒166-0003
東京都杉並区高円寺南4-26-5　YSビル3F
TEL03-5913-9172

編集　古川奈央（ポエムピース札幌編集長／俊カフェ店主）
デザイン　堀川さゆり（ポエムピース）
カバー画　むらもとちひろ
印刷・製本　株式会社上野印刷所

ISBN978-4-908827-36-5